KB126481

즐거운 곡선에서 배회 중

시목문학회

회장 박장희

부회장 최영화

사무국장 박정민

편집장 김숲

편집위원 박정민 이선락 황지형

PARAN IS 4 시목문학 5집 즐거운 곡선에서 배회 중

1판 1쇄 펴낸날 2023년 8월 10일
지은이 구광렬 박산하 최영화 김도은 박순례 박장희 윤유점 김숲 김뱅상
      이선락 황지형 박정민 성자현 양문희 김병권
인쇄인 (주)두경 정지오
펴낸이 채상우
펴낸곳 (주)함께하는출판그룹파란
등록번호 제2015-000068호
등록일자 2015년 9월 15일
주소 (10387) 경기도 고양시 일산서구 중앙로 1455 대우시티프라자 B1 202-1호
전화 031-919-4288
팩스 031-919-4287
모바일팩스 0504-441-3439
이메일 bookparan2015@hanmail.net

ⓒ시목문학회, 2023, printed in Seoul, Korea

ISBN 979-11-91897-59-3 03810

값 12,000원

즐거운 곡선에서 배회 중

시목문학회

여는 글

앵무의 눈물은 레몬, 레몬 레몬
무릎으로 가로등 흐릅니다
낯선 침묵, 곡선으로 휘날릴까요

행성에 안착한 당신과 나
비 오는 날의 웃음은 무슨 색일까요
도착하는 그즈음의 정거장
이집션 블루의 데칼코마니일까요

몽상의 나무 자라 별의 거리를 잽니다
본능이 기억하는 당신의 번역기는
낙타의 일차방정식처럼
즐거운 곡선에서 배회 중입니다

2023년 8월
시목문학회 회장 박장희

차례

여는 글

초대시 **구광렬** klkoo5600@hanmail.net

글쓰기를 좋아한다.
시, 소설······ 최근엔 영화 시나리오 작업에 몰
두하고 있다.

—

어머니의 오줌
신호등
설날 동대구역
본 차이나(Bone china)

어머니의 오줌

나에게 아버지의 죽음은 재미나는 일이었다 세상에서 제일 먼저 만나는 시체였으며 어머니가 본격적으로 재미나게 살 것 같았기 때문이다

어머니는 관도 만지지 않았다 아니, 관이 놓인 병풍 가까이 가지도 않았다 난 그런 어머니를 웃지도 않고 쳐다보다가 병풍 곁, 장롱을 열곤 붙박이 거울에 내 얼굴을 비추곤 웃었다

뒤늦게 도착한 아버지의 또 다른 여인이 마당에서부터 신발을 벗어 던지곤 막 개탕을 넘으려는 관을 잡았다 수십 년 묵은 바람이 관 뚜껑에서 빠져나와 대청마루에 번졌다 어머니의 몸이 떨렸다 하지만 한겨울 오줌을 눈 뒤 떨었던 그 옛날 그 들판의 당신 몸과 대차 없었다

그로부터 20년 후 유학을 마치고 귀국한 난, 아버지의 묘를 찾았다

실컷 울고 나니 다른 묘 앞이었다 내 말을 듣고 있던 어머닌 웃지도 화내지도 않았지만 조용히 일어나 화장실 문을 열곤 막 오줌을 눈 양, 부르르 떨었다

신호등

저 너머엔 그 마을 있을지 모른다 한 번도 사람 산 적 없는 마을. 사람 산 적 없기에 외로움이 낯선 마을. 발 디딜 쯤 들꽃들이 비나 바람처럼 계절 손님으로 맞아 줄 마을. 또 다른 계절 오고 나, 돌아 나올 즈음 하나하나 들꽃들 외로움 느끼게 될 마을

저 삼원색으론 그 마을에 닿지 못함을 안다 얼음 색이어야 한다 황톳빛 얼음. 그 얼음 속에 아버지 초상날, 강물 같던 엄니 눈물에도 쉬 전염되지 못했던 억새 빛 슬픔의 퇴색

설날 동대구역

역은 모질다 겨울비 내릴 땐 더 그렇다 저수지에서 익사한 성환이, 덤프트럭 타이어에 휘감긴 민호, 도루코로 동맥을 끊은 명수…… 열일곱, 열아홉, 스물, 걔들 셋 죽었을 때 합한 나이보다 더 살고 있는 나 때문도 아니다

뻥 뚫린 역사 위로 눈 올 날 비 내리면, 서로 만나서는 안 될 철로가 반짝이니까, 플랫폼 안에선 비밀보다 더 비밀스런 시치미가 궁리되니까

입석으로 올 때나, 좌석으로 올 때나, 그림자를 두고 내리는 건 마찬가지다 열차 안보다 플랫폼이 더 어둡기 때문이다

본 차이나(Bone china)

틴! 그 소리, 색으로 표현한다면?

아프리카 좀바평원에 설치되었던 첫 번째 신호등 불, 그중에서도 빨강. 허허벌판 사람들로 하여금 강제로 세워지는 기쁨을 누리게 만들던 그 빨강. 멀리 파랑이 보이면 천천히 차를 몰게 만들던 그 인기 있던 빨강.

아니, 검정. 이 아침 커피를 타다가 장미의 빨강보다, 그 신호등의 빨강보다 더 빨간 피를 흘리며 뼈다귀가 갈려 버린 그 찻잔 속, 한 마리 암소의 울음 속에 잠겨 있을 몇 모금 검은 웃음

박산하 p31773@hanmail.net

2014년 『서정과 현실』을 통해 등단했다.
시집 『고니의 물갈퀴를 빌려 쓰다』『아무것도 묻지 않았다』를 썼다.
천강문학상, 함월문학상, 울산불교문학상을 수상했다.

—

서랍이 있는, 여인
행성 안착
무릎으로 흐르는 향
달의 귀환

서랍이 있는, 여인

—

뱀은 이마를 찢고 나올 땐 무슨 생각을 하시는지……
놀러 와, 할 때마다
없는 팔뚝에 고드름이 달그락거린다

자두 익은 단내가 난다
율마를 쓰다듬을 때 나오는 향처럼

허리, 가슴, 배꼽, 이마
잘려 나간 어제 또는 내일 같은
움찔할 때면
세모눈을 가진 뱀이 달그락거리고 있다

꽃을 태운 연기가 피어오르고
미처 타지 못한 연기에 눈물이 날 때도 있지
서랍, 모서리로 기우는

허브카페에서 뱀이 웃는 걸 본 적 있어
털실 뭉치 풀리듯 제 몸 한 광주리 풀어놓고
건너편 서랍을 당기고 있었지
서랍이 잘 풀렸는지는 여태 잘 알 순 없지만

—

눈이 마주칠 때, 등엔 유성이 지나갔어

웃음이 차가웠지만 갈라진 혀 사이론 약간의 온기가
돌더라

뱀은 밑변만 늘어나서 세모꼴 눈이 되었다지

이마가 가려울 땐 세모, 꼭짓점 하날 찢어야 했을 거야

난, 눈을 감고도 그 서랍 한번 열어 보고 싶었어 얘

●서랍이 있는, 여인: 살바도르 달리, 「서랍이 있는 밀로의 비너스」 변용.

행성 안착

—

은하, 떠돌다 끈 하나 물고 지구에 안착
빛 따라 길을 찾고
소리로 눈떠 본 행성

Hz 출발, e2022 1118 1321 o로

구슬 상자가 열리고 초록빛이 들어오고
노란 울음이 잘린다

분홍 구름 속,

온 우주의 은하 별들을 거친 점 하나, 움트고
빨간 목젖에 힘을 넣고 푸른 소행성으로 여행을 시작하
는 게지

첫날은 잠을 잘 것이다
둘째 날도 거의 잠을 잘 것이다
물기를 말리고 마주 본 미소가 척삭을 키울 것이다

—

별이 직립의 근육을 키우며 가방을 메고 어디든 항행할

첫눈이 내릴 것 같은 강가
아이가 가방을 메고 빙글빙글 지구를 돌리고 있다

무릎으로 흐르는 향

쪽빛 수면에 Q, 물방울을 튕긴다
벽을 치고 돌아 쓰리쿠션, 또 스치고

손끝에 묻은 까만 풀물이 수수해서 마음 갔다는……
이국에서 온 아내를 위해 나를 비우고
등이 되어 주는, 복삿집 김 씨

당구대 위에 하얀 도화지를 놓고 학교를 세운다
운동장을 그리고 아담한 골조로 교실을 이어 나가고
뱅골보리수나무 아래, 썸밧, 썸랑, 보파, 꼴랍, 레악카나
챔파꽃을 입에 문 아이들 오징어게임을 한다

아이들 함성, 사원 계단을 돌아 나오는
톤레삽 호수 같은 눈, 그래 물 같은 물에도 낮은 향기가
있지

아이들에게서 물의 향을 본다
젊은 아내를 위해 아이를 갖지 않겠다,
나 먼저 죽으면 더 좋은 곳으로 시집가라고, 김 씨 물의
모양을 본다

몸 적셔 나오는

낮은 곳으로 낮은 곳으로 구르다 보면 어느덧 하구에 와

닿을

물이 밀리면 밀리는 대로 수직 Q 서핑을 하는

바다로 밀어 주는 저 등, 쓰다듬으면 강이 만져진다

저 강 짙푸르러 하늘과 경계가 사라지고

일렁일 때마다 라벤더 향 쏟아지고

달의 귀환

햇무리가 뜬 날, 집을 나왔다

어제는 틀렸고 지금은 맞다라 했지만
어제도 맞았고 지금도 맞다고

담담히 일 끝내고 나에게로 오는 길
이팝꽃, 별이 되어 흩뿌려 준다

기차를 타고 귀향한 사람
중심에서 변방으로 오는 길
가장자리가 중심이 될 수 있지

걸림 없는 사람 속으로 스민다는 거
막걸릿잔 나누며 잘 살겠다, 별빛 몇 점 내려서겠지만

달은 이미 초록인가
달빛마저 베옷을 짜려 하는
가장자리의 달그림자 느릿한 울타리에 걸린

●어제는 틀렸고 지금은 맞다: 도잠.

24

최영화 gjcyh@hanmail.net

2017년 『문예춘추』를 통해 등단했다.
시집 『처용의 수염』 『땅에서 하늘로』를 썼다.
세종문학상을 수상했다.
동리목월기념사업회 이사를 맡고 있다.

—

정원에 풀어놓은 기하학
내 이름 행아
아버지가 사랑한······
가로등

정원에 풀어놓은 기하학

어둠의 장막 드리운 새벽, 대문 나선다
푸른 달빛 어렴풋이 비추고
녹슨 기찻길 빠른 걸음 건너
실눈 뜬 가로등 옆을 지나
아파트 입구 돌아오는데
길 위에 길게 나를 눕힌다
뒤에 누가 길 환히 비추나
돌아보니 산마루 붉은 구름
그 구름 해님 금빛 트럼펫 소리
몇 자국 걸음마 걸음
머리 풀은 어둠 묶어 올리고
집 마당 정원에 햇살 춤춘다

정원에 놀던 병아리 태양 한 모금 마신다

내 이름 행아

내 이름은 행아(杏兒) 2억 년 전 고생대에 태어나 쥐라기 시대 청춘 만끽하고 강한 번식력으로 지금까지 살아 암컷 수컷 서로 사랑하며 살아오다 여럿 모여 긴 팔 벌려 오순도순 겨울 오면 맨몸으로 버틴다

봄 오면 몸 추슬러 기지개 켜고 물관으로 온몸 영양소 마시며 왕성한 혈관 따라 붉은 손 피우고 온몸으로 타원형 양산 펼쳐 여름엔 매미와 나비들의 휴식처 노래하고 춤추는 한마당 잔치 시샘하여 판 뒤엎는 태풍 번개 소리 지나가니 귀뚜라미 떼창 소리 들린다

노란 색깔 아름답게 물들이고 토실토실한 자식들 대롱대롱 매달고 다 키우면 만유인력 따라 땅으로 내려보내지 노란 손은 어린이 책갈피로 한평생 즐기다 흙으로 돌아가는 내 이름은 행아

아버지가 사랑한……

―

계곡 언덕 위 오솔길
바람에 낙엽 구르는 소리
깊이 쌓인 자리 긴 저음
얕게 쌓인 자리 짧은 고음
낙엽이 시를 읊고 노래 부르는 소리

작은 소(沼) 물 돌아가는 소리
바람에 달리는 돛단배 낙엽 일렁이는 소리
윤슬에 반짝이는 얼음 위 깨알 구르는 소리
송사리 붕어 개구리 물속 숨바꼭질
시에서 미로 수많은 물방울 소리
해 달 나무들 시냇물에 음계를 바꿔 가며 몸 씻는 소리
시냇물에 구르는 한시(漢詩) 낭송 소리

가로등

마을에 서 있는 외다리 할배 몸은 언제나 꼿꼿한 자세 이마에 불 달고 저녁 어스름이 장막 내리면 서 있는 자리에 불 밝힌다 밤새 투망 던지며 무엇을 잡는지 동트면 투망 거둔다 곧추선 몸 팔팔한 기색 비 오는 날이면 더 열심히 이른 새벽 박 씨 아주머니 쓰레기 태운다 투망에 가득 걸려 오는 연기들 바람은 투망 빠져나가고 이마에 흐르는 땀 훔친다 담배 물고 연기 내뿜는다

투망에 사계절 걸리는 것 다르다 봄엔 날리는 벚꽃잎 걷어 올리고 여름엔 담 밑 채송화 향기 잡고 가을엔 날리는 낙엽 쓸어 담고 겨울엔 동장군 낚아 올리네 동녘 동대산에 해님 나타나면 이마 불 꺼지고 지나가는 개 다리 들고 쉬 해도 웃으며 넘기는 외다리 할배

김도은 jaworyun@hanmail.net

2015년 웹진 『시인광장』을 통해 등단했다.

—

레몬, 레몬 레몬
등
나비를 희롱하는 고양이
수상한 돼지집에서

레몬, 레몬 레몬

어제는 어제의 껍질을 벗기고
오늘은 오늘의 껍질을 벗기고
꿈속에서는 꿈속의 껍질을 벗긴다

다시
오늘은 오늘의 껍질을 벗겨야 하고
내일도 내일의 껍질을 벗겨야 하고
내일 꿈속에서 꿈속의 껍질을 벗길 것이다

껍질은 왜 이리 질긴가
껍질은 어디서 오는 것일까
껍질을 벗기는 나는 누구인가

껍질 속 레몬은 어디로 갔을까

등

금지된 재현 속 그,
검고 윤기 나는 머릿결, 넓은 등을 하고 있다
그의 어깨 흔들리고 있다

눈물 없이 우는 아이,
소리가 딱딱하다

딱딱해진 소리, 검은색으로 칠해지고
그 위로 또 검은색 덧칠되자
등 검푸름으로 굳는다

아이의 등을 바라보는 그,
그의 등을 볼 수 없는 그,
어쩌면 그는

뒤돌아볼 수 없을지도……

나비를 희롱하는 고양이

一

　　고양이 고개 돌린다 나비 날아오른다
　　그 아래 패랭이꽃, 분홍처럼 웃는다

　　햇살이 기웃거리는 시간,
　　고양이 눈빛을 한 여자, 치마에 피어난 패랭이 꽃잎을
딴다
　　중절모를 쓴 남자, 모자 아래 하얀 그늘을 감춘다

　　고양이 나비처럼 날아와 테이블 위 주전자를 민다
　　나비는 패랭이꽃 위를 맴돌다 주전자를 당긴다

　　주전자 속 김이 오르고
　　나비, 패랭이꽃에 앉아 고양이를 부른다
　　고양이, 나비를 쫓고 나비, 날아간다

　　어두운 조명이 켜지면
　　고양이 눈빛, 나비 향해 멈춰 있고
　　날지 않는 나비, 말라 버린 패랭이 위에 앉아 있다

二　　그때,

나비를 희롱하던 고양이는 어디로 갔을까?

●나비를 희롱하는 고양이: 김홍도 그림.

수상한 돼지집에서

그때,

수상한 돼지집에서 무슨 일이 있었을까
불판 위에 돼지 껍질들이 뒹굴 때
돼지들이 난데없이 우리 밖으로 뛰쳐나갔다

그때의 그때,

돼지들이 사라진 먼 곳으로 왜, 가지 못했을까
그리고
수상한 돼지집 불판 앞에서 우리 밖 먼 곳은 왜, 그리
웠을까

그때의 그때를 기억하는 난,
어느 시인이 노래한 먼 곳에서 수상한 돼지 떼를 만난다
그때의 꽃 피는 그리움처럼

●꽃 피는 그리움: 강현국의 『꽃 피는 그리움』.

박순례 sy3456@hanmail.net

2016년 『여기』를 통해 등단했다.
시집 『침묵이 풍경이 되는 시간』 『고양이 소굴』
을 썼다.
울산문학 젊은 작가상, 울산시문학 작품상을
수상했다.

—

앵무의 눈물
획 5
우리 집 남자
염화 구피의 미소

앵무의 눈물

빈자리, 앵무가 남아 지금도 구구단을 외운다 목소리 잘라 낼 때까지 물방울 대신 당신의 러닝셔츠가 다 닳을 때까지 왼쪽에 가두어진 물방울은 흘려보내고 싶다 잃어 버리고 싶어

가두어 둔 물 쏟아 내는 시간 어디에 쓸 줄도 모르며 구 구단을 외우고 점점 삐뚤어진 앵무새 되어 가고 물방울 한 쪽에 쌓여 가고 앵무 길들이던 사람은 떠나고 빗방울 본 순간 깃털 쏟아지고

깃털 저리 바쁘게 어디로 가는 걸까 구르고 부딪치며 잡 을 수조차 없는 곳을 향해 뛰어내린다 사라져 간 물방울, 같은 곳 들락거리는 저 구름 다녀갈 뿐

획 5
―획 하나 꿈을 꾸고

시체가 되어 냉장된 일은 그리 슬픈 일은 아니야 철 지
난 신문지에 꽁꽁 묶이거나 검은 비닐봉지에 포장되어 습
도가 높은 곳에서 편히 눕는 일이지 냉동이 해제될 때까지
우린 서로 부둥켜안고 포개져 뒤뚱대는 거지 어느 날 열린
문 사이로 빛이 스며들고 밖으로 나올 때까지 그곳은 우
리의 안식처인 거야 안식처에서 나와 끓는 온도로 뛰어들
고 우린 부활을 꿈꾸지

나의 정원에 꽃을 심는 일은 화선지에 하나의 획을 긋
는 일. 잡초를 뽑는 일은 하나의 획을 지우는 일. 화선지에
꽃잎을 그리며 나의 정원을 꿈꾼다 풍요로운 정원에 그려
가는 나의 그림 한쪽엔 마늘 고추 상추 울타리를 치듯 뽕
나무 살구나무 감나무 매실 피워 낸다 꽃은 나를 위로하
며 자리를 넓힌다 수국 목단 할미꽃 앵초 화단에 새로운
꽃 그림이 늘어 가고 명자 찔레 모두가 모이는 자리. 저녁
이 되면 노을은 담장에 걸려 정원 꽃들을 어루만진다 그
림 속 노을 한자리 꿰차고 앉아 나 꽃으로 남는다 그 사
이 획 하나 늘어나고 마술사 같은 나의 손끝에 물이 들고

우리 집 남자

석양은 바닷물에 첨벙 발을 담근다
그림자, 빛의 낱알을 세고
은퇴의 서늘함이 품속을 휘젓는다

몸살은 튼튼한 몸을 만드는 면역을 키우는 일꾼
대열에서 빠져나온 허전함
어젠 그도 그 행렬에 있었다는 뿌듯함은
동전의 앞뒷면과 같을까

출퇴근은 아침밥 하는 걸로 대신한 나보다
매일 아침 나가던 곳을 접은 남편은
어디에다가 벗은 작업복을 걸어 두었을까
빛은 툭 하고 끊어지고

출퇴근하면서 정년 준비로 중개사 공부에
열심인 남편 모습이 오늘따라
큰 바위로 다가와 석양을 벗 삼는다
검은 섬이 떠 있는
먼바다에서는 뱃고동이 힘차게 운다

염화 구피의 미소

연꽃무늬 도자기 어항에 구피 여섯 가족이 산다
아침마다 먹이를 주면 꼬리를 흔든다
나에게도 저런 시절이 있었지

아침드라마 시청한다
문득 시선을 구피에게 돌리자
한 마리, 거실 바닥에서 파닥인다
수위가 높았나?
구 부에서 팔 부로 내리고 살폈다
마음이 놓인다 하지만 수위가 내려가니
물고기 보기가 힘들다
어항에 새겨진 연꽃 모양 때문이다

어항을 투명 유리로 갈아 볼까 생각하는 순간
구피 한 마리 연꽃 사이로
빼꼼거리며 웃는다

박장희 change900@hanmail.net

1999년『문예사조』, 2017년『시와 시학』신춘
문예를 통해 등단했다.
시집『폭포에는 신화가 있네』『황금주전자』『그
림자 당신』을 썼다.
울산문학상, J. P. 사르트르 문학상 대상, 울산
시문학상, 함월문학상 등을 수상했다.

—

낯선 침묵, 곡선으로 휘날리다
라면 국물이 흐른 폐지의 뒷면
두꺼운 질문
내로남불

낯선 침묵, 곡선으로 휘날리다
—큰 플라타너스 나무들

나무는 땅의 보랏빛 답사를 읽는다

밑줄 친 문장 미처 발표하지 못한 사연도, 뿌리로 버티던 익숙한 습관도 버린다 벌레의 언어도 잊는다 이파리 수만 번 떨어뜨리고 결만 살아 내 유전자를 기억하며 환상통은 품이 될 거라 달랜다 멀어지던 무늬들 밑바닥까지 자기 빛깔 드러낸다 마침내 플라타너스, 버린다

수시로 흔들린다
깊은 밤엔 더욱 흔들린다

사랑은 이별이 보랏빛으로 쓴 답사,
땅은 나무의 분홍빛 송사를 읽는다

●큰 플라타너스 나무들: 빈센트 반 고흐.

44

라면 국물이 흐른 폐지의 뒷면

자그마한 한 다발 마침표꽃이 전부다 그 꽃, 암술과 수술이 세상을 향한 눈빛이자 기도다 시간의 몸짓이다 쓰린 바람과 깊은 발자국이다 다시금 누군가의 시곗바늘이 되어 새벽을 알리는 꽃이다

낡은 시집 12페이지를 읽는다

시대의 꽃향기에 절망하며 가슴 찔린 깊어지는 허기를 꺼내 매만지며 쌓은 폐지, 꽃이 웅크린 꽃살과 꽃밥을 보았을지도 모른다

목덜미에 피어난 꽃은 꽃말을 지니고 가슴을 적신다 그 꽃 하루치 수도 요금이며 전기 요금의 설렘이다

소리마다 꽃빛 피어오른다

700원…… 내일도 어둠의 끝자락에서 폐지의 인연을 매만질 것이다

두꺼운 질문

분홍은 판타지아 보석이라 믿었지

기도한 날 보석은 시궁창에 버려진 꽃으로 내장을 쏟아 내며 흐느끼는 거야 호흡 가로질러 콘크리트 어둠이 서슬러 오는 거야 무지개 몸살로 목멘 가슴 복숭아꽃처럼 벌겋게 물들이는 거야 목덜미 쭈뼛거리며 두꺼운 질문이 우물처럼 깊어지는 거야

분홍에 계류해 있는 밤 분홍은 수상한 난간의 그림자 같은 보석으로 채워진 하트일 뿐이야 워라밸 수레바퀴를 굴리는 거야 침대에서 흐느적거리는 시간에 창밖의 별을 바라보며 기도하는 거야

보석과 기도 중 어느 쪽이 허무맹랑한지 청진기를 갖다 대자 어제까지 익숙한 몸 몸살 앓는 거야 맹랑하던 보석 장대비처럼 퍼붓는 거야

몸을 돌보는 일이야 부스럼을 다스리는 일 정도지만 영혼을 돌보는 일은 보석을 입안에 넣고 민낯의 향기가 피어나도록 전력 질주 기도하는 거야

벽지 속의 보석 같은 무늬 일제히 장대비처럼 가슴속으로 쏟아붓는 거야 내가 무늬의 주인이고 우주의 주인이라고 소리쳤지 그 소리의 파장 분홍을 훌쩍 뛰어넘는 거야

서로 빛깔이 다른 마술의 시간이 분홍에 묶인 보석의 사슬을 슬쩍 푸는 거야

내로남불

천장을 뚫고 두 개의 모서리 솟아올랐다 날 선 파편의 예각으로 도형에 금이 가고

부서질 때 나는 그럴 수 있다며 너그럽지만, 상대방은 색조차 마음에 들지 않아 한다

우리를 밀어 올린 뿌리를 본다 다른 모양 다른 색깔 선분의 길이도 모두 같지 않지만, 그래도 하나의 뿌리

왼쪽의 풍경과 오른쪽의 풍경이 다르고 앞사람과 뒷사람이 다르다 같은 모양 같은 뿌리는 모른 척하며 아시타비(我是他非) 그 경계의 바깥이란 애당초 없다

내가 천장을 뚫은 것은 예술이지만, 네가 천장을 뚫은 것은 하늘에 대한 불경, 서로 우기다 보면 그 내부 회오리끼리 충돌이다

공중을 나는 새와 땅바닥의 먹이를 쪼는 새 서로 모른 척한다 그 공간에 붙박인 그림자만 모두 같은 방향으로 늘어나는 중

윤유점 stoneyoon@hanmail.net

2007년『문학예술』, 2018년『시문학』을 통해
등단했다.
시집『살아남은 슬픔을 보았다』『영양실조 걸
린 비너스는 화려하다』외 3권을 썼다.
한국해양문학 대상, 부산진구문화예술인상 대
상, 부산문학상 등을 수상했다.

—

데칼코마니

—

청록색 물감이 흩뿌려졌다

하루에 두 번 오는 버스
비밀을 간직한 오지 마을에 섰다

책가방 하나 달랑 메고
할미 손에 이끌린 나는
참꽃처럼 환하게 웃었지만
할미는 연신 눈물을 훔쳤다

날짜 창이 고장 난 시계처럼
시도 때도 없이 째깍거리며
보고 싶은 얼굴들이 지나갔다

하얀 구름 사이로 떠 있는 팽나무
물결 속으로 사라질 때마다 나는
높다란 수문 위에서 돌을 던졌다

수면 아래 잠겨 있는 우리 집 마당에서
호탕한 웃음소리가 흔들렸다

반짝이는 물빛은 깊고 깊은 골짜기를 휘감았다

한숨

한평생 절망 같은
그리움 띄워 놓고

거친 숨 다독이며
새벽을 섬겼다는

당신의
마음자리에

물들었던
우리

웃음꽃 핀
당신에게

에메랄드
물빛 같은 날

여린 꽃들이
하얗게 몰려왔다

그림 없는 미술관 1

요절한 죽음처럼

빛을 잃은 전시관

어둠이 물컹하게

속살을 더듬을 때

여백은 까마귀 울음

비상하는 오마주

벽에 붙은 바나나

찰리 채플린 늘 배고프다

그림 없는 미술관 2

투명한 유리 천장
눈부신 삶의 촉수

감각이 거세될 때
부유하는 발자국들

겹쳐진
홀로그램

부활하는
별 다방

쌍절곤을 든 마담
티켓을 덧칠하는 동안

쌍화차 속 노른자
고양이 눈만 번득인다

김숲 misuk2431@hanmail.net

2014년 『펜문학』을 통해 등단했다.
시집 『간이 웃는다』를 썼다.
등대문학상, 한국해양문학상, 시목문학상 등을
수상했다.

—

별이 빛나는 밤에
클라이밍
백합
몽상의 나무

별이 빛나는 밤에

아를의 론강에 도착했다
저녁이 오기를 기다려
그림 사진을 들고 풍경에 맞추어 본다
보여야 할 게 안 보인다
첨탑, 버드나무, 모래톱, 갈대숲, 그리고
불빛이 새어 나오던 쟝의 창
발길을 돌려 뒤돌아보니 카페가 보인다
들어간다
아니다,
더 들어간다
아니다,
3미터 정도가 모자란다
화장실,
들어간다
변기에 앉는다
보려고 눈을 감는다

클라이밍
—루 살로메

당신을 만나려고 비와 바람, 눈보라 속을 건너왔어요 그녀가 목덜미를 감고 오른다 겹겹이 꽃잎인 그녀. 꽃잎마다 내밀한 방 하나씩 있다 니체의 심장에서, 릴케의 늑골에서, 프로이트의 꿈속에서 피어난 그녀. 고혹적인 향기에 입술을 갖다 대는 사람들. 가까이 오지 마세요 온몸에 가시를 세우는 그녀. La vie en rose를 흥얼거리고 입속에서 흘러나온 음표들이 달 속에서 울부짖던 늑대의 핏빛 울음처럼 피어난다 목덜미를 물린 들소의 목에서 뿜어져 나오는 피처럼, 뜨거운 불에서 도도야처럼 피어난다 탱고를 추는 나부의 입에 물린 붉은 유혹처럼 핀다 아찔한 향기에 나비 날아오르고 나비의 눈 속에 장미를 심은 그녀, 니체의 머리를 타고 올라 신은 죽었다고 외친다 시로 피어난 그녀가 릴케를 찌른다 프로이트의 무의식 속에서 장미가 거꾸로 매달려 마르고 있다 거울 속 그녀의 빨간 입술 사이 하얀 이빨이 뾰족 웃는다

백합

아래 뿌리 발근한다
위 뿌리 발근한다
눈을 뜬다
땅거죽을 찢고 올라온 연두
그것은 뿔

백 개의 작은 뿌리로 된 큰 뿌리로
바위처럼 안의 중심을 잡아 주고
거세게 밀어 올린 줄기와
줄기를 뚫고 나온 이파리로
밖의 균형을 잡아 주는
그것 또한 뿔

꽃자루 끝 봉오리 탱탱 부풀어 올랐을 때
바람, 오므린 꽃잎 스치자
활짝 핀 하늘
나비와 벌 달콤해져
씨앗 맺는 것도 뿔

그것은 외침

돋았건 돋지 않았건
뭉툭하건 날카롭건
내 머리에도 뿔
내 발끝에도 뿔

몽상의 나무

산 밑 저수지 모래톱 위에 메타세쿼이아 나무 세 그루
서 있다
그 앞에 갈대숲이 자라고 모래톱 위 나무와 나무 사이
가느다란 물길이 흐르고 있다
모래톱에 새 한 마리 종종거리고
왼쪽 무릎 위에 왼손을 턱에 괴고 있지 않아도 깊은 생
각에 잠긴 나무들
발밑을 지나가는 물길을 물끄러미 바라보고 있다
통통통 새들의 잔 발걸음 소리에도
저수지 건너 아파트 숲속에 인간 세상이 아무리 들끓어도
큰길 차들이 소음을 흩뿌리며 쌩쌩 달려도
때죽나무 꽃이 하얗게 피고 지고
도토리가 알알이 익어 가도
눈발이 휘날려도
묵상에 잠겨 홀로 고요한 나무들
생각의 뿌리로 내 머리채를 잡아당긴다
난 머리카락 한 가닥 한 가닥을 물고기로 만들어 저수
지에 풀어놓는다
물고기들 저수지 곳곳을 헤엄치다 나의 머릿속으로 돌
아오고

나무와 눈이 마주치자 나, 나무가 된다
꼬리에 꼬리를 물고 저물어 가는 나날들
생각이 없다면 내가 없고 너도 없고 아무것도 없고
한참을 그 앞에 서게 하는 나무들
이 세상 풍경이 아니다

김뱅상 sukhee1796@hanmail.net
2017년『사이펀』을 통해 등단했다.
시집『누군가 먹고 싶은 오후』『어느 세계에 당
도할 뭇별』을 썼다.

—

TV를 켜면 내가 튕겨 나왔다
3시 17분, 바지랑대 끝의
11월, 자꾸만 쏟아지는
이집션 블루, 8/8

TV를 켜면 내가 튕겨 나왔다

산 중턱쯤이었을 거야 텔레비전 한 대, 소나무 아래 놓인
운반도 쉽지 않았을, 삼각형의

꼭짓점을 누르면 화면이 켜질까?

어제의 낮 꿈을 수신 중일까, 숨소리 발자국 소리 새소리
아니, 오늘의 표정을 녹화 중인가?

뿌리를 바닥까지 드러낸 참나무도 있네, 무슨
너겁 같은 얘기라도 들어보려는 것일까? 저 꼭짓점의

예각을 눌러 보면
화면엔 무엇인가 날카로워지고

둔각을 누를까?
개그 프로라도 흘러나오거나 섹시 댄스가 꿈틀거릴……

각이 어긋나는 저 삼각형
어두운 낮이 지나가면 환하게 밤 풀어지고

찔레꽃보다 하얗게 웃는다 너는, 나는

기슭을 내려서려는데
화면 속 그림 사라진다, 튕겨져 나온 나는 나를 쓰다듬
으며

●텔레비전 한 대: 백남준의 TV 설치작품. 2022년 울산시립미술관.

3시 17분, 바지랑대 끝의

바지랑대에 달랑거리던 햇살 흘러내린다
옥상 난간 벽에 그림자 한 폭 자라다 흔들린다 데생 작업 중인가?

누가 그리는 묵화일까? 바지랑대, 그림 속으로 고개를 내밀자
화폭엔 비스듬, 웬 不 자?

그림자, 마지막 획 하나 여태 찍지 못하고
저 자리, 새 한 마리 앉으려나?

그림 속에서 빠져나오지 못하는 바지랑대, 짧은 그림자를 낙관인 양 뭉개는데
그 새, 한 발만으로도 이 계절 견딜 수 있다는 걸까?

세상엔 마음대로 되는 게, 있다
새 한 마리 앉았다 간 그림 속 자꾸만 자라나고

새 한 마리 또, 날아와 점을 찍고 간다
흔들리다 사라지는 획, 不

누군가 자꾸만 쓰다가 지우는

그림자 한 계단 내려서고 나, 그림 속으로 흘러내려
아니다 아니다, 자꾸 날 지워 가는

11월, 자꾸만 쏟아지는

불쑥, 잉어 한 마리 솟구친다 깊은 물도 아닌데……

몸통 뒤틀리는 소리 수면 가득 퍼져 나가자 남자, 돌아
본다 건널목을 지나가며
흩어진 기적 따위를 찾고 있나? 손을 흔들어 주지만

안개 속은 늘 불완전하다 대개 희뿌옇지만
오늘처럼 반쯤 쏟아진 커피색을 띨 때가 있다 그즈음 으
레 나타나는 나2, 머그잔을 들고 있다

안쪽이 붉은색을 띨지도 모른다는 생각은 늘 하던 버
릇이다, 그대로 놓아둔다

미끄러지며 겉돈다
무얼 좋아하세요 취미는요 어떤 꽃? 그 남자 때문일까,
얼음 위 얼음조각처럼 미끄러지던

남은 커피를 들고 창밖을 본다
월요일인가? 비 오고 어둡다 나2, 사라지고 창 너머 P
오버랩된다

버버리 코트 차림의 그가 다가온다 풀린 윗단추 하나는 그의 방식이었……

단추, 잠겨 있다

눈을 감은 채, 어떻게 여기까지 올 수 있었을까?

—24시간 푹 고은 탕이나 먹자고요?

(오늘날씨지겹죠신나는일만들어볼까요호두알보다구절양장같은앵두샤베트어때요레모네이드도괜찮은데오늘볼에다샛바람조금넣어흔들어볼까요)

입안에 든 커피 한 모금을 단번에 삼킨다 창엔 흐린 얼굴

월요일은 왜 모두가 어렴풋하지?

—그래요, 그런데요(가슴문드러지거나깨지는정도는견뎌야할걸요)……

—엉겁결에 한 발 내디뎠다고 두려워할 건 없어요 몇 발 앞섰다고 좋아할 것도 아니지만요(제길……)

창에 서린 성에를 맨손으로 닦는다 물방울들 쏟아지고

내가 또 안개를 쏟았나?

이집션 블루, 8/8

어스름, 눈 깜빡일 때마다 넌 선명해졌어 바다가 보이
는 창가에서
자꾸만 눈을 비볐지

한줄기 비행운, 나는 멈춰 서선
길게 널 가로질렀어 파랑이었다고 할까?

파도 소리 사이로 갈매기 몇 날아갔고
손바닥 안으로 들어온, 바다

꿈속에선 자주 바람과 바람 사이, 새가 날잖아

누가 파란 바탕에 희푸른 덧칠을 한 것일까?
저 파스텔 톤의

블루, 보송보송 털 묻은 수평선 하나 집어 드는데
오목한 꼭지 넌출거리고

짙어졌다 옅어지고, 차오르다 희미해져 가는 빛

—

*

오션블루였나?
비행운 자꾸만 자라나고
난 손가락이 몇 개인지 세어 보기도 하고

너는 등을 햇살에 반짝이며 손을 흔든다
손바닥에 남은 색깔들, 바람에 날리고

보송한 눈두덩에 담긴, 푸른

창에 매달린 컷아웃처럼
가위질을 해 대도
바람에 실려 춤을 추는, 네가 있다

*

공중인데, 음 자리 하나 부풀고 있다
모서리 별빛 스며들고
반달, 얼마나 더 사위어져야 나 하나 생겨날까?

선 위에, 있다 누구는 곡선이라 하고 다른 이는 직선이라
한다 가운데 선 나는
　어느 쪽으로 기울어져야 하나?

　내 위에 나를 눕힌다 다리를 포개고 공중에 손바닥을 포
개면
　리듬이 생겨나고

　바람 속으로 나를 긋는 소리. 그 선, 휘는 소리
　아니 반달이 제 내강을 감싸는 소리

　선을 당긴다 팽팽해진 어디쯤인지, 휘돌아 나오는 음들
　두 옥타브쯤 밝다 비행운 사라지고 나 지워지고, 저리
푸른

　미술관, 햇살 든다

　●컷아웃: 앙리 마티스.

이선락 blue-dragon01@hanmail.net

2020년『울산문학』, 2021년『동리목월』, 2022년『서울신문』신춘문예를 통해 등단했다.

—

고양이가 사라졌다
스물셋, 연습 사항
다정한 귀신들
비 오는 날의 웃음은 무슨 색일까

고양이가 사라졌다

그녀가 아이섀도를 치켜 그렸다 내 고양이가 사라진 일과 상관있다 그럴까?

잃어버린 것들에게도 꼬리가 있있었나?

나는 저녁 식사 준비를 하고 있었고 이제껏 내가 본 일몰 풍경 중 가장 아름다웠, 얼핏 고양이가 지나가는 장면 생각이 왼쪽으로 기울었고

오른쪽으로 붉어졌을까? 매니큐어를 바른 손톱으로 내 겨드랑을 쿡쿡 찌르던 그녀
나는 탱고를 출 수도 없었고

어딘가가 가려워지면 말을 긁을 테지

우리는 빨간 지붕이 비치는 연못의 풍경을 그려 볼 수도 있겠다, 어섯눈 자라고

일몰은 자라났다 창 너머 아스팔트 쪽으로 달음질치고 있었고

눈을 감아 버릴까, 눈꺼풀 막 접히는 찰나

가슴을 그녀에게 부딪힐 뻔했다 난 부전나비 무늬를 보
았고, 졸리기 시작했……

기울어진 자세로 선잠이 들었고, 발바닥이 저려 왔다
나비에게도 발톱이 있을까, 곤충도감을 열어 보려다

사라진 고양이 꿈을 꾸었다

죽은 것들 사는 숲으로 들어섰다 여기 사는 것들은 모
두 질끈 눈을 감네, 눈을 뜨면

사라진 고양이, 왜 꼬리를 치켜들까?

스물셋, 연습 사항

얼굴을 연습하고 있다

입꼬리를 올려 보다가
눈빛을 오므려 보다가

입술을 구겨 문밖으로 던졌는데
비루먹은 개가 안쪽을 뜯어먹는다

개를 노려본다
머릿속이 버썩거리는 개놈

광대뼈를 문지른다
광이 나는 얼굴, 바닥에 내려놓는데 뒤통수가 굴러간다

어떤 표정을 덧대야 내가 돌아올까
나는 나와 겹쳐질 수 있을까?

눈빛 몇 갈아 끼우고 턱을 툭툭 건드려 본다 턱선 언저
리를 따라
손바닥을 받쳤더니, 처음 본 스물셋

어떻게, 저런 표정이 들어 있지?
뒤통수 헤적거려진

통째로 갈아엎을까? 부직포를 깔까?

생일날은 늘 고프다 연습은
연습이 필요하다

다정한 귀신들

물컹한 것들, 자주 나를 지나가 버린다. 하긴
죽은 것들은 지붕으로 드나들지. 문을 열어 두어도 뿌
다구니 소리들

뚜껑을 열면 나는 잡아먹혀, 납작해지고
등을 돌리면, 죽지도 않은 것들 미끈거리지

잘못 찾아온 것들은 문밖에서 끈적대지만
무릎이 스르르 접히는, 창가

왜 귀신들은 비스듬하지? 새가 물어 온 기분도 아닌데……
왜 시끄럽게 흔들리지 전봇대처럼?

무덤 풀린 귀신 하나, 전봇대 아래 서 있다 비를 맞는다
금세, 굳어 버리는 짜장 짜장 짜장면들

여긴 무덤이 참 많이도 있네, 잘못 찾아온 귀신이
이건 지붕이 아냐, 뚜껑일세 눈이 풀린 내가

대낮인데, 어두운 얘기를 한다 전봇대와 전봇대 사이

가로등도 아직인데, 번쩍거리는 어둠

무덤보다 푸근한 어둠은 처음일세. 몸통이 다 사라진
줄 알았잖아, 헌데
팔이 움직였어, 글씨가 써지고

입술이 차가워지는 계절이잖아, 종이 위의 세상들은 눈
쌓인 계절을 좋아하지
한 번 접히면 수평선이 생겨나고……

세로로 다시 접으면 모서리부터 눈이 녹을까?

빈 종이로 글씨들 모여들고……
바람 소리만 한 이름 하나 부르면 삐뚤, 어둠

물컹한 씨나락들 자꾸 쓰러진다?
귀신들, 얼굴도 없으면서

비 오는 날의 웃음은 무슨 색일까

―

기차를 타고…… 너는 도착하지 않는다 새벽부터 비 내
렸고
마른장마라 했지

얘, 기적 소리 좀 낮춰 줄래, 기차가 흘러간 뒤였다 듬성
한 갈비뼈 사이로 블랙커피를 쏟았다
이런, 속까지 배어들겠군

*

눈을 떴는데, 나는 도착하지 않는다 빗소리
무릎까지 올라온 건 뭐지? 오늘 금요일인가

얘 비 맞지 말고 내게 들어와, 기적 따윈 늘 산모롱이를
엇나가는 거야
커피 젖은, 하얀 웃음들

*

―

물고기자리를 읽고 있었다 나를 물어보아도

82

아무도 말해 주지 않는다 머릿속을 지우자 뒤통수 해지고

비 오는 날 물고기들은 어디로 헤엄칠까? 다음 구름을 읽는데, 흘러간다
가슴지느러미 다 드러내 놓고⋯⋯, 머리가 구겨진다

11시 11분이에요 가슴을 펴 봐요, 구겨진 모서리를 뒤적거리지만⋯⋯
번개가 지나간다

*

뚜루루뚜 뚜루루, 가을비
뒤통수 한 컷 비 젖는다 서너 컷을 건너뛰면

나는 어디로 갔을까? 물고기자리에도 커피 잔에도
도착하지 않는다 비가 오고

구름이 찢어진다

기차가 지나가고 비가 오고, 물고기자리 지나고
    나는 물병자리까지 스며든 머그 컵을 뒤집으며 나머지
커피를 쏟고

황지형 rmfldna2002@hanmail.net

2004년 『시와 비평』, 2009년 『시에』를 통해
등단했다.
시집 『사이시옷은 그게 아니었다』를 썼다.

—

도착하는 그즈음의 정거장
쪽
체온계
별의 거리에 따라 상이할 수 있습니다

도착하는 그즈음의 정거장

벌, 너희가 처음 발을 내딛는 꿀벌처럼 정거장에 도착하는 걸음마를 배우겠지

동이 틀 무렵이면 복널비에 목걸이도 걸 수 있다는 믿음, 그 팬티에 가발도 떨어져 나간 벌, 커피를 마시고 있어도 공포감을 떨쳐 버리지 못하더구나 끝없는 사랑의 맹세에 소금을 뿌리고 있다면 죽음의 몇 발자국 앞에서도 중요한 건 삶이라는 거야

문화복합공간에서 댄스를 배우는 일벌들이 모여들었고 아무런 감정에도 얽매이지 않는 날이 시작됐다 무모함 때문인지 몰라 일벌들도 댄스를 배우느라 발이 부어 스텝을 밟기 힘들 거라는 생각이 떠올랐고 내가 냉정해지면 벌, 죄목도 없다, 그걸 알아채지도 못했어

벌, 내 스텝
나를 잊어버려라, 너의 무아지경, 황홀경
벌 이름을 생각하면서 가짜 눈썹을 생각하기 시작했다

그것은, 전날 밤, 방금, 보고의 마지막 결산

머리카락이 어깨 위로 출렁거리고 잊지 못하는 한 스텝을 밟고 있을 때 팔을 뻗어 어디론가 이끌었지만, 그것은 미워했던 사람이 안개와 더불어 가장 사랑했던 사람에게 가까워지는 스텝이라는 것이다

자유파, 백 년의 참신함

젖은 머리에 수건을 두르고 책을 읽으면 눈에 코에 입에 달라붙은 지루함이 비로소 활짝 갠 창밖으로 눈길을 돌릴 수 있었고 우연인지 안개가 자욱해졌고 몸이 마비될 정도로 카페인이 들어간 커피를 홀짝거리면 얼음처럼 차가운 콧김을 발생하는 냉기가 콧구멍에서 뿜어졌고 발포 명령을 내리는 작별 인사를 하듯 책을 덮었다 얽히고설킨 내 머리카락이 덮고 있는 머릿속은 Y자 스텝을 밟은 고고장 고고장의 고고학을 배웠다

밀어, 짖어 대기 시작했다
당겨, 멀어지기 시작했다

그대로 춤을 추다가 멈추어 버린 문화복합공간에서 스

텝을 배우려다 앞다리를 번쩍 들어 올린 남자에게 돌아가는 머리를 젖히고 누군가는 책을 읽다가 손을 올리고 발을 올리자 고산지대에서 불어온 바람이 총총히 돌았다 열에 들떠 받아 적었던 영감이 떠날 때 키스라도 하고 싶으면 발바닥 밑에서 애원하든지 말든지 발길이 닿는 데로 가 보라, 확실하고 명료하고 변경할 수 없는 정거장에 도착했고 덮인 마지막 책장에서…… 화분이 노랗게 모였다

쓰리 원 스텝, 키에르케고르

화분은 노랬고,
화가 죽어 버리겠다면 분이 묻은 것이다
발 아래에서 죽을까 발 위에서 죽을까 고민하는 것처럼 복통으로 시작한 몸부림이 멈춘 순간 게으르기까지 했다
벌, 부르자 나는 인내심을 발휘하여 옮겨 써 보고 싶었고 어찌나 빨리 글씨를 쓰고 자라는지 나는 새끼를 치고 있는 줄도 몰랐다. 씨라는 것이 한눈을 팔지 못하는 것이다

쓸 생각이면 밟으면 되는 것

벌, 허니를 그렇게 들볶자

나는 흔하디흔한 상처

참을 수 없는 존재의 가벼움을 알지? 쿤데라의 말이 아
니라 자신의 욕정에 못 이겨 철버덕거리는 말을 으스러뜨
려 준 말 또는 내 자판

그 손톱으로 가득한 오르간……

벌, 나는 자판을 잘 치지 못하더라도, 수많은 벌을 종이
에 담을 수 있었습니다만 간단한 단어는 자판으로 칠 수
있었기 때문에 내게 사랑한다고 고백했지………… 배보
다 큰 게 배꼽이라고 믿고 싶었을 때, **나는 뉴기니의 다이
빙을 연습하기보단 말에 화장을 해 주었으면 하고 네게
바랐다** 클라이맥스로 치달을 수 없어서 너는 스프링 오르
가슴을 선택했지 오래된 기억이 되살아나면 벌, 삽입할 예
정이었지만 너는 사실을 변경했지

벌, 내 부차적인 것

나는 연하디연한 상처

환희가 안도하는 젊은 절망감을 안아 주듯이
알타이어족을 겨냥할 때까지

말 또는 내 단어 모험에서

온 빛이
온 어둠이

쪽

   파의 항목을 찾느라 책갈피를 뒤적였네 쪽을 넘길수록
바깥에 파를 숨겨 놓았네 샘솟는 눈물이 대파 때문이라면
작은 파의 하얀 면 앞에 나는 무릎을 꿇어야 했네 마음에
담을 에피소드가 황폐해졌거나 말거나 대파가 숭배하는
작은 면을 도려내어야 하네 한 페이지 분량의 쪽과 파를
따로 오려 내 명사형을 덧칠해 놓기도 했네 바람과 햇빛
에 견줄 수 있는 파 씨를 오래도록 쟁여 두고 싶었네 몇 겹
의 생이 하얀 파꽃에 앉아 팔랑거렸네 파의 일부에 불과한
쪽의 분량을 넣어야 할 순간이네 얻고자 하면 동사가 되
어 굴러떨어져야 했네 도마에 다져진 파를 문단에 넣어야
하네 잘 아는 거라고 검은 후추를 흩뿌리고 있네 저 높은
곳은 대파야, 그 아래는 잎사귀가 마르는 9월이 오고 있네
맹목과 오인을 베어 먹는 향신료라니 씨를 받느라 두 손은
앞으로 나아가고 있었네 나는 검은 씨를 취함으로써 현기
증과 허구까지 대등한 쪽과 파를 과시하고 있네

체온계

—

체온계를 쥔 여자는 뜨겁지 않다

체온계는 평온하다 체온계를 쥐고 귓구멍으로 들어가야 하므로 네가 숨으면 나도 죽어야 하고 네가 열을 내면 내가 붉은 눈을 뜬다

체온계는 냉정해져야 한다고 울부짖는다 경련이 일어나면 안 된다고 울부짖는다

체온계는 체온계에 들이댄 이마를 밀어낼 수 없다

체온계는 뜨거워질 수 없다 체온계는 차가워질 수 없다 체온계는 평온함을 유지해야 한다

누워 있는 얼굴은 익숙한 앞면이다 나와 눈을 마주할 때 미소를 짓는 앞면이다 내가 가족사진을 올려보던 앞면이다 네가 아파할 때, 아파서 앰뷸런스를 부를 때 내가 뒤통수를 받쳐 주던 앞면이다 강물을 반쯤 건너가다 오던 앞면이다 뒤집으면 안 된다 앞면밖에 쓸 수 없지만 너는 뒤집어지면 죽는다

체온계가 뻘뻘 열을 올린다 생수, 생수를 찾다가 열을 올린다

늘 변함없이 체온계는 냉정하지 않다

체온계가 나를 재고, 열을 내리고, 평온을 유지해서 몸을 돌보고, 잠도 재워 주고, 내 아이의 평온도 지켜 주고, 아무렴 주기적으로 귓구멍을 맡아 줬으면

예측하는 지금

체온계가 올라간다 나는 올라갈 때보다 더 냉정해진다 숫자가 사라지면 영이 남는다 영을 움직이는 나는 냉정해진다 갓 미열이 떨어진 것보다 더 냉정해진다 냉정해져서 몸을 움직일 수 없다. 나를 둘러싼 주변 공기가 싸늘해진다

개꿈을 꾸면 꿈에 들은 말을 받아 들고 아무래도 좀 이상하다 영광인 줄 알라니 그렇게 말한 것처럼 이봐 영이

심상치 않아 팔팔할 준비가 단단하다 똑똑한 체온계를 내버려 두는 게 상책이다 무슨 말을 하든 되받아치지 말자고 뭐라고 외치든 뒤통수를 보이는 사람일 거야 그 앞면이 곧 도착할 거야

체온계가 눈금을 올라간다 한 계단 한 계단 뜨거워질 때마다 동공이 커졌다 체온계는 한 계단 한 계단 올라간다 가슴이 터지도록 소리쳐 보았다 어떤 계에 속한 사람을, 개꿈에서 계속해서 뒤통수를 보이는 작은 앞면을, 앞면의 눈을, 그 앞면에 박혀 있는 스파이크를, 그 앞면이 중얼거리는 입을, 앞에서도 밝혔지만 체온계는 늘 평온해서 생생하다

내게도 체온계를 들이대면 좋겠다 귓속말처럼 솔깃하겠지만 괜찮다 나는 체온으로 피부를 나눌 수 있고, 계단을 늘어놓을 수도 있다 나는 귓구멍을 빠져나오는 귀지처럼 후 불면 날아간다

사실 나는 글씨다 원고지를 사모하는 글씨다 원고지로 나를 데려다줄 글씨는 까맣다 오늘 아침에 미열도 잘 해

결한 게 아니다 계단은 엄청나게 짧아서 올라설 수도 내
려설 수도 없다 마지막에는 한 조각 눈금으로 사라질 거다

체온계가 닿자 반쯤 써 내려간 원고지가 닫혔다 빨간
눈금은 뜨겁지 않아

필요한 것들 곁에 놓여 있듯 체온계에 담긴 귓구멍이
근지럽다

변덕을 부리는 글씨

계단을 붙여 놓는 영

별의 거리에 따라 상이할 수 있습니다

현관에 붙은 전단지를 떼다 이벤트를 들여다본다
배달의 민족 요기요 주문할 때 팍팍 쏜단다

눈발이 날릴 날씨에 눈맞은감자튀김과 공룡찹쌀도너츠
도 주문한다
호로록떡볶이와 까르보떡볶이도 맵게 가능한 주문이었다

배달 거리에 따라 금액이 상이하게 달라질 수 있기에 눈
으로 덮인 도로를 달렸다
중앙선을 넘는 외줄 타기 굉음이 대형차를 피해 화면을
질주한다
순전히 몸을 가르며 살아가는 현장에서
눈 맞은 감자가 되려면 헬멧과 장갑은 생필품
두 마리 치킨에 떡볶이가 무료라니 행복감에 더해지는
순살 메뉴 세트이고
익일 영업시간을 달리며 날개를 펼친다

날개를 달 수 없어 굉음을 내며 달리고
빨리만 좋아해서 뼈만 남은 배달이 된다

번호를 누르면 열리고 달려온 두 마리가 있다

전단지에 붙은 테이프가 보이지 않는다

열리면 뼈와 살을 먹을 사람이 나온다

날개 없이도 때론 대기권 밖으로 날아가게 할 수도 있다

엘리베이터가 올라갈수록 하늘에 있는 층수는 낮아졌다

살아남은 기억은 목소리를 낮춘다

결제는 이체로 할게요

탈것보다 빠르게 역사상 가장 민첩하게 배달된 눈맞은
감자튀김은 환호성이다

빛보다 먼저 메아리가 되었다

발돋움하다 떨어진 눈물처럼 돌아서는 발등이 날았다

분리수거함에서 가져다 놓은 조화가 피었다

사시사철 담장을 장식하는 나무에

조화가 피고 나무 사이에 꽂혀 있었다

먼 거리에서 본 조화는 심장을 열어 놓고 있었다

엘리베이터 안은 냄새가 고소하다

내가 담긴 통은 당신이 담긴 통

낚시를 가고 없는 남편은 아이들에게 문단속을 시킨다

—

아이들에게 문단속은 언제쯤 결제 번호가 아니게 할까

통장에 금액을 채워 넣기까지 죽어라 뛰어 본다

떨려 버린 잔고

더 빠르게 더 빠르게

발바닥이 안 보이게 물구나무를 선다면 어디까지 닿게

될까

알바를 마치고 돌아온 아들이

현장에서 끼니를 놓치고 허겁지겁 먹는다

먹고 있는 눈맞은감자튀김은 아들의 눈물

덮어씌워 내용물이 안 보일 때 생각으로 먹는 감자가

된다

팍팍 쏜다는 치킨 세트 중에

뼈와 살을 제거할수록 날개의 두께가 얄팍해질 거라는

착각

어느새 치킨 세트 훑어보다

두 집게손가락이 짚은 곳을 소비해 본다

소소한 일상 달그락달그락거리면 옷 꿰는 날개를 갖게

될까

—

전송되는 0과 1을 달리는 거리
0과 1의 구도 아래 울리는 별들일까
숫자를 복제하는 이 거리가 좁아지고 있다
흑과 백이 겹친 일상에
0과 1을 만들어 놓고 불멸하는 거리를 달리고 있다
바퀴가 파이고 해골처럼 뼈가 쌓인다

박정민 purunn@naver.com

1997년 『문예사조』를 통해 등단했다.
시집 『코끼리를 냉장고에 넣는 방법』을 썼다.

—

카페 풍경
즐거운 곡선에서 배회 중
모카모카
○

카페 풍경

사람보다 바다가 더 많은 카페 안
무섭지 않은 타투 같은 커피 잔 속으로
헤살질하던 바다 가라앉고
건너편 자리한 젊은 남자의 오른쪽 어깨 타투의 애매함
입체를 숨긴 여자의 목덜미 뒤쪽으로 겹쳐지고
검은 노래 속 날이 선 소리는 무뎌진 밀도로 커피를 마
시고
가볍고 무거운 혀의 질감, 실패한 짝사랑이라 다행이다
여자 중얼거리고

애매한 날의 바다는
머리칼 바싹 자른 백인 여가수가 부르는 흑인영가 같
아서
여름 한때 커피는 산이 강한 시다모로
오늘의 로스팅은 신맛과 쓴맛의 애매한 정도로

검은 원두에서 붉은 향 피어날 때쯤
배전도에 대한 기억 없는 블랙이 블랙을 참으며 흑화되
어 간 스물둘
함께 흑화를 모의하던 내 어린 사랑도 노화되고 있을까

침묵은 침묵끼리 모여 식은 염도 맞추느라
겨를 없이 사라지는 커피

즐거운 곡선에서 배회 중

'남구에서 배회 중인 손 모 씨를 찾습니다. 북구에서 실
종된 박 모 씨는 체크무늬 상의에 체크무늬 바지를 입고
체크 가방을 소지했습니다.'
　안전 안내 문자는 안전하지 않지만
　체크무늬가 되지 못한 삼선 줄무늬 슬리퍼는
　꺾이지 않는 곡선을 배회 중
　서로를 적당히 무시하는 거리만큼
　어색한 바닥의 질감 즐겁다
　오늘은 발 냄새도 참을 만하다
　보도블록의 어긋난 무게중심과 모서리의 즐거운 도발
　하늘은 높고 넓어 급할 일 없는 왼발과 슬리퍼
　초록 점멸하고
　삐뚠 곡선만 긋느라 체크로 진화하지 못한 채
　나는 당신을 끌고 다녔을까, 끌려다녔을까
　버려지고 잃어지는 것은 왜 늘 홀수일까
　변곡점 찾지 못한 당신의 노화는 안전하신가

모카모카

에티오피아 소년의 손바닥을 생각하다가
꼬들꼬들 말라 갔을 익명의 회오리 지문을 생각하다가
열매에 닿았을 입술 색깔을 생각하다가
부자 아버지와 예쁜 엄마를 생각하다가
졸았다
마당 가득 목화꽃 피어나면
땀으로 얼룩진 그림자
타투 형상으로 살아나 서로의 얼굴을 확인하고
나는 웃다가 또 웃다가
달고 단 땀 냄새를 쫓아 목화밭을 한없이 헤매다가
선잠에 붙들려 깨고 싶지 않은 사춘기 여름 한나절
바다가 지문처럼 앉아 있고
졸기 좋은 여름날
나를 지키던 가난한 아버지와 엄마는 목화밭 속으로 가고

○

한 달, 길어야 여섯 달 넘기기 어려울 거라는 주치의 말에
토씨를 하나씩 뺀다
암인 줄 알고 놀랐다는 당신에게 토씨 붙여 전할 수 없
는 말
당신과 나의 밀도 달라서 물속에서도 바람이 분다
당신의 생각에 나의 생각 머물지 못하고
말의 밀도는 질량을 견디는 연습을 한다
바람을 담기에 둥근 것이 어울리므로 직선을 곡선이라
우긴다
단단해지는 연습으로 익어 가는 것은 둥글다
겨울을 견딘 사막에서 둥글게 회오리치는 황사의 눈 둥
글고
목숨 걸고 담벼락 기어오르는 지문의 물결도 둥글게 둥
글게
모난 부분을 스스로 지우고 둥근 것은 서로 결집하기로
한다
낡고 오래된 것은 버려지고 사라지는 것 아니라
둥글어진다고 말한다, 당신도 나도 둥글게

혀를 내밀면 둥글게 말린 웨이브

높아진 해수면 아래 가라앉은 남태평양의 파도

혓바닥 위에 도착한다

오랜 거리 두기로 멀어졌던 일출과 일몰의 온도가 먼저
와서 기다린다

태양이 슬쩍 내려앉고

백태 낀 거짓말에 능숙한 습기는 왼팔 올리고 오른팔
내린다

치명적인 침묵

웨이브는 음치와 박치 사이의 착한 방종

왼팔 내리고 오른팔도 내린다

당신의 입술은 언제나 틀린 적 없으므로

새로운 밑줄을 긋고 어설프게 웃고 마는 제로 근처에

당분간 숨어 살기로 한다

성자현 seaofluv@hanmail.net

2004년『시와 비평』을 통해 등단했다.

—

본능이 기억하는 2

1.
알고 싶은 게 아냐. 그냥 느꼈음 좋겠어. 본능처럼
내가 당신을 느끼는 방식. 그건 그냥 본능이었어
어디쯤 있는 거지? 느꼈음 좋겠어

2.
습관처럼 당신을 만나러 가는 길, 터널을 지날 때
철커덕 한 세계를 넘어가는 것 같다
터널 입구 지붕 위, 걸쳐진 나뭇가지들이 열쇠처럼 늘어진 길로 들어서면
문이 열리고 걷잡을 수 없는 소용돌이에 빠진 듯 나는 그저 달리게 된다
시각과 시각 사이 어디쯤 머무르고 있는지 알 수 없으니 출구가 안 보인다
막무가내로 달리는 자동차들, 터널 안으로 삼켜지듯 아슬하고
돌아보면 퇴색한 태양, 그 위로 넘실대는 나뭇잎, 그림자
돌이킬 수 없는 땅에서 바퀴의 아우성은 둥근 천장에 닿는다
이 장면은 걸어서 건너기엔 너무 길고 생각을 펼치기엔

너무 짧다

할 수 있는 만큼 몸을 구부려 잊혀진 채 은폐되어 있길 원하나

산도에서 아이를 밀어내듯 다시 토해 내는 터널

나는 다시 던져졌고 어디에도 속하지 못한 듯 길바닥을 뒹군다

창백한 푸른 점에 갇힌 구겨진 종이

영원히 닿지 않을 것 같은 출구, 그러나 마침내 열릴 문

턱을 넘지 않고는 알 수 없는 미지의 세계

그 거리의 한계, 알 수 없음.

우리는 영원히 박약아이며 패자이다 눈, 코, 귀, 마침내 전부를 잃어버릴

윤회를 믿는다면 이 세계의 출구는 입구와 만날 것이다

천국을 믿는다면 출구가 곧 입구가 될 것이다

누군가는 보이는 이쪽이 진실이라고 말한다

누군가는 보이지 않는 저쪽이 진실이라고 말한다

믿음이 불가피하다면 나는 본능을 믿을 것이다

당신이 유전자에 남겨 둔 본능에 대해

본능적으로 기억하는 당신을 향해 나는 달려갈 것이다

금강의 노래

라르고 라르고

느린 심박으로 흘러가는 강

마티재를 넘어갈 때 비단강은 안개를 피워 올렸지

자장가 같은 노랠 내가 부르면 화답하는 강

불빛도 강물 따라 라르고 라르고 출렁이고

안개는 어둠까지 지우고 마을을 덮었지

자동차 바퀴에 닿는 안개는 묘한 소릴 냈지

바람이 젖어 흘러내리는 소리

나는 노랠 불렀어. 라르고 라르고

슬퍼서도 아니고 애가 타서도 아니고

나무들이 내뱉는 한숨 때문일 거야

재를 다 넘어갈 수 있을까

공포와 슬픔이 뒤섞인 노래

비단강은 그 노랠 싣고 흘러가 버렸는데

비단강의 노랠 싣고 나도 여기까지 와 버렸네

도마의 변명

계속 두들겨 맞는다
생선을 토막 낸다지만
난도질당하는 건 결국 나다
패이고 물들고 냄새가 배는 건 숙명이다
그러나 반전이 있지
끝까지 살아남는 건 나다 난도질당해도
광어와 우럭, 낙지까지 내 품에서 죽어 나갔다
바닷가 횟집 수족관에 태연히 떠도는 활어들
그들의 결말을 예측하면
뭐 산다는 게 꼭 살아 있어야 살아 있는 건가?

순전히 주관적인

1.

사냥개의 발자취를 따라 재건축을 앞둔 폐허의 좁은 복
도를 가로질러

나에게 한 걸음 한 걸음 와 주기를

나는 지금, 군데군데 연기가 피어오르는 이제 막 전쟁
이 끝난 전장을

주인 잃은 말처럼 헤매고 있다

2.

축농증을 앓고 난 후 후각이 둔해졌다 조금씩 냄새를
느낄 때쯤 커피 향을 처음 맡았다 콩 냄새를 닮은 구수한
냄새, 이전엔 맡아 보지 못한 냄새다 왜곡이 일어난 걸
까? 이 냄새가 진실일까? 확신할 수 없으니 늘어나는 것
은 의심뿐

불가리 향수를 손수건에 뿌려 코에 갖다 댄다 날카로운
알코올 냄새가 코를 찌른다 이전에 맡아 보지 못한 냄새
다 샴푸를 할 때나 화장품을 바를 때 알코올 냄새만이 코
끝에 맴돈다 식초의 시큼한 냄새는 어느 정도 기억과 일
치하지만, 코를 막고 거부했던 락스 냄새는 맡을 수 없다
기억 속에서 지워 버린 건가?

3.

냄새를 찾아 헤맨다

당신의 냄새

나의 냄새

당신이 알고 있는 냄새

내가 알고 있는 냄새

당신의 관점

나의 관점

그것의 일치는 애초에 불가능했던 것

당신이 맡고 있는 냄새와

내가 맡고 있는 냄새가

같다는 것을 입증할 수 없으니

어차피 우리는 서로를 믿지 못한다

그런데도 나는 갈구한다

전쟁에서 부상한 듯 절룩거리며

찾아 헤맨다 그리고 발견하기를 고대한다

아니, 내게 와 주기를 기다린다

지금부터가 진실일지도 모른다

그래서 나는 설렌다

양문희 moony6734@naver.com

2014년 『시에』를 통해 등단했다.

—

주말이 무엇이냐고 물으신다면
건은 모르고 건만 아는
깨 볶는다
그가 고개를 들고 내민
앵무새 번역기엔
여기 나는 어느 나라입니까

주말이 무엇이냐고 물으신다면

잔소리

비릿한 가방에 『월간 낚시』 한 권을 꽂고 배낚시를 간다

초과를 담는 그물이 드리우자마자 건져 올리는 릴의 방울 소리, 몸으로 말한다

바다에 자주 나와 낯빛을 알아야 합니다
살아 있는 것을 던지면 더 많이 잡을 수 있습니다
머릿속에 든 이론으로 수심을 알 수 없습니다

그건 낭독과 난독 사이 물고기 한 마리인지도 모른다

*

기억

뱃머리에 갈매기 먹이로 새우깡을 주고 있던 넌
출렁이는 파도에 왈칵
냄새가 무지 났지

형은 웃지 말고 그녀의 등을 토닥이랬지만
얼굴을 먼저 찡그리며 엉덩이를 뒤로 빼
다시 파도가 출렁
중심을 잃고
난간을 쥐었는데 엉킨 발이 붙어 있다

*

탈출구

낚싯대가 부러졌네요―속 뒤집는 1인
당신, 오늘도 꽝이야?―속 뒤집는 2인

건은 모르고 건만 아는

판을 열고 앉았는데 벌인 판을 보니 열불이나 비닐랩을 붙이고 양파를 썰었지 빠(Bar)하는 오빠가 무슨 개소리냐고 판을 엎을 판에 옆집 개가 짖고 있어 나름 한다고 한 방음이 마침 건이 빵 쪼가리를 건넨 터라 개소리가 멈추질 않네 무뎌진 칼 도마 위에서 난타하는데 양파가 잘리지 않아 눈이 따가워 판판이 까뒤집는데 천불 나니 판 돌려라 황야의 무법자가 건넨 열두 자루 건 아직도 살았다는 소문이 무성하다고 나팔수가 나팔을 부네 지금 때가 어느 때인데 이 밤중에 층간 소음이냐고 벽을 쳐도 너는 두드려라 나는 불란다

건아 건아 제발 해외 직구한 빵 좀 주지 마

깨 볶는다

엄마, 좀 벗어라
뭐를?
사진이 아직도 한겨울 아이가
우예 벗노 넘사시럽구로
엄마, 아부지가 옛날에 뭐라고 꼬시드노
다방에서 씨븐 커피 한잔 묵꼬 마 밥 무러 가자카데
아이구 엄마는 아부지가 새우잡이 배에 팔아묵으며 우
짤라꼬
야가 야가 뭐라카노 느그 아부지가 그럴 사람이가

그가 고개를 들고 내민
앵무새 번역기엔
여기 나는 어느 나라입니까

기차가 출발합니다

안내 요원이 곤봉을 흔듭니다

차량이 흔들립니다

출발을 알리는 트럼펫 기적 소리와

종착역 팻말은 같은 곳에 붙어 있습니다

우리가 같은 기차를 탄 게 맞나?

할 정도로 번호가 다릅니다

어느 포인트에서 카르페디엠을 나누어야 할까요?

1. 휴지통에 떨어져 나뒹구는 표가 많습니다

2. 지갑을 뒤졌는데 보이지 않습니다

3. 사실은 눈은 눈대로 손은 손대로

다른 곳을 보고 있었던 것입니다

나는 머리가 멍하고 너는 힐끔거립니다

끝자리 하나가 다른 너는 바로 옆 좌석이었습니다

기차가 2배속으로 달리고 비트박스로 칸이 흔들립니다

홀 속으로 바람이 달려들어 옵니다

자랐던 믿음이 불안으로 진화되고

우리는 손에 든 휴대폰만 쳐다봅니다

김병권 usmac@naver.com

2014년 『서정문학』을 통해 등단했다.

—

낙타의 일차방정식

알알이 빛

비의 축제

복수초꽃

낙타의 일차방정식

조각조각 금이 간 칠판을 탈탈 두드려 본다
검퍼렇게 멍든 좁고 배부른 절대 불변 세균 같은 자국
지우고 다시 쓴다
면면 상처한 검은 숫자들 빠드등거리며 하얗게 바뀌어
간다
바람벽에 역결을 삭이는 고뇌의 순간과
아무 천이나 마구 찢어 감은 진물 난 상처들,
짧은 일차식 속에서 엉키고 뒤틀린다

새새틈틈 먼지 낀 진리 끄집어내
땀에 얼룩진 자존의 참값 접시에 올린다
값지고 두꺼운 일차의 밥그릇 속으로,
되새김질 여념 없는 들까분 낙타의 등 속으로,
차곡차곡 생선 살 가득 얹어 거짓 값을 채운다

한쪽은 0인데 다른 쪽은 0이 아닌,
국그릇 비워 두고 숟가락, 연필 내려놓고
어떤 값으로도 만족하는 법 없는
아예 답이 없는, 해답 나올 리 만무한,
낙타의 붉어진 혹에는 곡선의 땀방울만 오르락내리락

무조건적 값 대입해도 항상 참일 때가 있다

마른 수건으로 반드르르 윤이 나는 타인의 창을 닦을 줄
아는
모래바람 속에서도 들물같이 지우고 날물같이 풀어내는
숫자들의 수수께끼
가벼워져야 날 수 있는 홀씨들처럼,
또 다른 손 잡을 수 있는 빈손의 나래,
너만이 해낼 수 있는 단 하나의 일차방정식

.

알알이 빛

눈 내리는 흰 마당에 서서
싸리비로 하얗게 쓸어 내려갑니다
푹푹푹 쌓여 가는 석남사 비구니의 발자국들 세어 가며
내 안의 탁한 목탁 소리 닦는 일이
저무는 태양의 다섯 가지 색깔에 덮이고 있습니다

그렇게 다섯 가지 잡곡을 섞어 아홉 가지 나물 아홉 번
먹고
시루떡 반죽 삼킨 팥앙금 새알심까지 서럽게 찢어야 했
던
벙어리 앞가슴 풀어헤쳐 우짖는 요란스런 글 밭들이 가
끔 흙 묻은 겨울 냉이의 차가운 생명임을 깨닫습니다

어젯밤 아는 짐승들의 울음소리가 밤새 귓가를 때려 짖
어 대던
그날의 소리가 내게는 들리지 않았습니다
어둠 오고서 창밖에는 차가운 짐승들이 서성거리는 꿈
을 꾸었습니다
아무것도 보이지 않았습니다

잠들면 피어나는 저승의 날 떠나보내고 하얗게 가려진 얼굴,

보이지 않게 칠해져 버린 색깔

나는 얼마나 뜨거운 돌이 된 적이 있었는지

돌이끼 틈새 끼어 맥박은 어떻게 흐르는지 까마득 잊혀 갔습니다

깨어진 돌에 흐릿한 가슴 검은빛을 몰고 와

알지 못한 얘기들만 곳곳에서 쑥덕거려 삭 쓰린 속 태웁니다

돌이켜 서서 가는 날에는,

발길 채인 돌이 아프기는 더 할까요

비의 축제

비가 오옵니다 수직으로 깨끗한, 파티를 합니다
파티는 어떻게 해야 하는지
물방울 머금은 꽃잎에게 물어봅니다

먹은 것도 아니고 먹지 않은 것도 아닌
한 모금 물 같은 것, 입에 넣은 뒤 오래 젖게 하는 것,
삼키지 않고 가만히 음미하는 것,

호박꽃의 이름값과 버석 말라 가는 참외 줄기와
땅속 비벼 간질거리는 오이 가지 뿌리들,
연록빛 깔고 앉아 온몸 푸르도록 머금은 텃밭의 생명
들과
빗소리에 어울리는 에스프레소 한 잔,

스친 것도 아니고 스며든 것도 아닌
한 줌 흙과 바람의 소리 같은 것, 살아 숨 쉬는 하늬바
람 살결 닿는 것,
뼛속 마디까지 빌려 흠뻑 취하는 것,

박새 울음 값과 논 가 부리 숙여 거니는 흰 왜가리

솔잎 떨어진 가지에만 앉아 우는 까마귀 떼,
숲속 생 호흡하는 가슴 깊은 짐승들과,

나를 아는 누군가가 내 이름을 떠올린다면
당신에게 나는 어떤 파티여야 할까요
물 위로 또 비가 내립니다

복수초꽃

새벽 공기는 달빛에 따뜻하여
바위틈 이끼 마주 잡아 숨 쉬던 손으로
눈을 헤치고 한 겹 두 겹 쌓아 올라
노란 받침 되어 그토록 아침을 깨우던

깎아지른 높은 햇살 머금다
열세 겹 인고에 피어나는
하고픈 애기 얼마나였기에
뜨거운 몸 밤새 살얼음 껴안고 피었으랴

차가운 밤 견디며 눈 속에 심어 온
꽃술 뽀송한 눈망울 가진
시린 역경에도 쉬이 깨지지 않는
진실된 사람을 깨웠으랴

다가서면 꽃잎 오므린
수줍은 그를 향한
내 굳어 버린 두 볼은 어찌 감당해야 할지
그를 품어
겨울이 사그락 녹기 시작했다

시목문학회 회원

김도은 jaworyun@hanmail.net
2015년 웹진『시인광장』을 통해 등단했다.

김뱅상 sukhee1796@hanmail.net
2017년『사이펀』을 통해 등단했다. 시집『누군가 먹고 싶
은 오후』『어느 세계에 당도할 뭇별』을 썼다.

김병권 usmac@naver.com
2014년『서정문학』을 통해 등단했다.

김숲 misuk2431@hanmail.net
2014년『펜문학』을 통해 등단했다. 시집『간이 웃는다』
를 썼다. 등대문학상, 한국해양문학상, 시목문학상 등을
수상했다.

박산하 p31773@hanmail.net
2014년『서정과 현실』을 통해 등단했다. 시집『고니의 물
갈퀴를 빌려 쓰다』『아무것도 묻지 않았다』를 썼다. 천강문
학상, 함월문학상, 울산불교문학상을 수상했다.

박순례 sy3456@hanmail.net
2016년『여기』를 통해 등단했다. 시집『침묵이 풍경이 되

는 시간』『고양이 소굴』을 썼다. 울산문학 젊은 작가상, 울산시문학 작품상을 수상했다.

박장희 change900@hanmail.net
1999년 『문예사조』, 2017년 『시와 시학』 신춘문예를 통해 등단했다. 시집 『폭포에는 신화가 있네』『황금주전자』『그림자 당신』을 썼다. 울산문학상, J. P. 사르트르 문학상 대상, 울산시문학상, 함월문학상 등을 수상했다.

박정민 purunn@naver.com
1997년 『문예사조』를 통해 등단했다. 시집 『코끼리를 냉장고에 넣는 방법』을 썼다.

성자현 seaofluv@hanmail.net
2004년 『시와 비평』을 통해 등단했다.

양문희 moony6734@naver.com
2014년 『시에』를 통해 등단했다.

윤유점 stoneyoon@hanmail.net
2007년 『문학예술』, 2018년 『시문학』을 통해 등단했다. 시집 『살아남은 슬픔을 보았다』『영양실조 걸린 비너스는 화려하다』외 3권을 썼다. 한국해양문학 대상, 부산진구문화예술인상 대상, 부산문학상 등을 수상했다.

이선락 blue-dragon01@hanmail.net

2020년 『울산문학』, 2021년 『동리목월』, 2022년 『서울신문』 신춘문예를 통해 등단했다.

임성화 lsh4529@hanmail.net

1999년 『매일신문』 신춘문예(시조)를 통해 등단했다. 시집 『아버지의 바다』 『겨울 염전』, 동시조집 『뻥튀기 뻥야』를 썼다. 성파시조문학상, 울산시조문학상을 수상했다.

임혜라 pretty3174@hanmail.net

2015년 『시와 사상』을 통해 등단했다. 시집 『초경의 바다』 『화요일 자정에 걸을 수 있는 여자는 모두 나오세요』를 썼다.

최영화 gjcyh@hanmail.net

2017년 『문예춘추』를 통해 등단했다. 시집 『처용의 수염』 『땅에서 하늘로』를 썼다. 세종문학상을 수상했다. 동리목월기념사업회 이사를 맡고 있다.

황지형 rmfldna2002@hanmail.net

2004년 『시와 비평』, 2009년 『시에』를 통해 등단했다. 시집 『사이시옷은 그게 아니었다』를 썼다.